힘들면 다들
굿이라도 해봐...

GOOD^^~

- 썩어라 수시생 -

우리는 모두 어딘가
조금씩 이상하잖아요

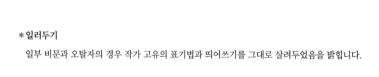

우리는 모두 어딘가 조금씩 이상하잖아요

" 소심 관종 '썩어라 수시생' 그림 에세이 "

글·그림

썩어라 수시생

팩토리나인

사랑이 많아

오늘 아침에 눈을 떴는데

갑자기 혼자라는 생각이

들었습니다.

우리는 여기까지 밖에
안 되는 인연인가 봐

그러게 ...
밥 잘 먹고 아프지마

얼마 전에 소중한 친구와도
연이 끊기게 되고

사랑이 애정을 주고받는
행위가 정말 중요하다는
생각을 했습니다.

사랑해

나도

애정의 관계가 항상

쌍방향이 아니더라도

항상 원가를 사랑하며

살아야 하는 거 같아요.

옛날에 봤던 영화

<애그놀리아> 에서

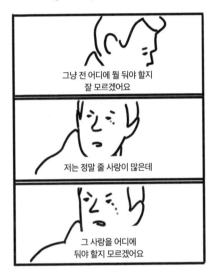

그냥 전 어디에 뭘 둬야 할지
잘 모르겠어요

저는 정말 줄 사랑이 많은데

그 사랑을 어디에
둬야 할지 모르겠어요

이런 대사가 나오는데 ...

뭐래

사랑을 주는 건 어렵지 않은
일이라고 생각했거든요.

그치만 내 사랑을 어디에
둘지를 알아내는 것부터
어려운 일인 것 같아요.

죽어라 열심히 하지 말고 살아라 열심히 하세요 ♡

언제나 작은 우울함이 제 안에 있었어요.
저는 노래를 하는 사람인데요.
노래를 좋아하는데, 못하는 게 저를 항상 슬프게 했어요.
좋아하는 걸 못하는 슬픔을 아시나요?
어떨 때는 우울함이 저를 잡아먹을 때도 있었고,
어떨 때는 희망을 부여잡고 버틸 때도 있었답니다.

처음 만화를 그리기 시작한 건 고등학교 3학년 때였어요.
노래가 좋아서 예고에 입학했는데, 노래만큼이나 자주 했던 일은
매일매일 친구들과 연습실에서 우는 거였어요.
하루하루가 패배감과 우울감으로 가득 차 있던 시절이었어요.
그래서 만화를 그렸던 것 같아요.
소중한 이 시간을 재미있게 보내보고 싶어서요.
슬펐던 일이나, 재미있던 일을 공책에 그려서 친구들과 돌려 읽은 게
'썩어라 수시생'의 시작이었어요.

'썩어라 수시생'은 음악 대학 입시 때문에
힘들게 썩어가던 시절에 친구가 붙여준 닉네임이에요.
썩어가던 게 벌써 8년 전인데,
8년 동안이나 썩어가는 수시생으로 만화를 그리고 있는 게
참 민망하면서도 뿌듯하네요. 히힛. 😆

만화는 8년 동안 그렸지만,
노래를 전공한 지는 10년이 넘어가요.
멋진 음악가가 되고 싶어 한국 대학 입시를 해치우고,
유학까지 나와 석사 입시도 했어요.
이제는 연주가를 준비하는 단계에 있네요.
근데 웃긴 건 학위도 두 개나 있고, 나이도 이 정도 찼으면…
이제는… 노래를… 잘해야… 하는데… 진짜…
노래를 아직도 너무 못하네요! 뿌엥~! 😫

그치만 이제는 더 이상 저를 타박하지 않으려 해요.
못하면 못하는 대로 나와 나의 노래를 사랑하며 살기로 했습니다.
나를 미워하고 실망하느라 소중한 나를 지키지 못하면
사는 게 무슨 소용이 있겠어요.
우리는 항상 소중한 것을 사랑으로 지키고,
더 많이 사랑해야 하잖아요.

고등학생 때처럼 유학 중에도 힘든 일이 많이 일어나고,
어려운 상황들에 많이 닥쳤는데요,
예나 지금이나 그림 그리는 것으로 위안을 받았어요.
이 책에 담긴 저의 위로와 마음이 꼭 전해지기를 바라며,
제 위로가 여러분들에게도 위로가 되면 좋겠어요.
위로조차 필요 없는,
사랑으로 가득한 하루하루를 보내시기 바라요.

CHARACTERS

CONTENTS

PART 1
나도 이렇게까지 이상하고 싶지는 않았어

PART 2
그렇지만 이상한 게 인생이라지

PART 3
그래서 더 이상하게 살기로 했다

우리 다른 사람이 되려고 하지 말자

올해 계획은
모두 진전이 없고

하루하루는
그냥 흘러간다.

그래 알겠어
미안해

연락하지 마

관계에서도 몇 번의 실패를
겪었기 때문인 것 같다.

긍정적인 자극이나 거대한 두려움이

내게 올 때에도

삶이 변할 것처럼
호들갑 떠는 내 모습이 싫다.

왜냐하면 그런 순간의 반짝임들이

결국 아무것도 바꾸지 못했다고

내가 믿고 있기 때문인 것 같다.

알람

오전 5:30
오전 5:40
오전 5:43
오전 5:45
오전 5:47

출근 전 새벽과 퇴근 후 밤 시간을
활용하지 않은 것에
오늘도 이불 속에서 슬퍼하고 있다.

어쩌면 이런 삶의 속도를
내내 바꿀 수 없을 것 같다는
생각이 들었다.

그러면 그만 괴로워하자.
나를 너무 괴롭히지 말자.

"새벽 5시에 일어나서
하루를 시작하고 12시가 되면 점심을,
1시에 청소를 하고 일하고…
다시 5시에 일어나 일을 하죠…
저의 일상이에요."

이런 인터뷰를 읽고 나를
반성하면서 다른 사람이
되려고 하지 말자.
저건 그냥 저 사람인 거야.

15초간의 존재적 붕괴

나도 이렇게까지 이상하고 싶지는 않았어

과연 못하는 걸
잘하고 싶어 하며 사는
삶이 행복한 삶일까?

과연 내가 노래
잘하는 날이 오기는 할까?

내가 진짜 노래를
하고 싶긴 한 걸까?

잘하는 걸 더 발전시키는 게
너 이득이지 않을까?

나도 내 노래를 안 좋아하는데
누가 날 써줄까?

어릴 때 피아노 좀 칠걸

어릴 때 공부 좀
열심히 해서
다른 전공할걸

아주아주 소박하고 거창한 꿈

내가 가진 것을 손바닥

위에 올려놓고

언젠가 날아가 버려도 아쉽지

않은 삶을 살래요.

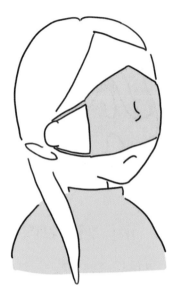

저는 열심하고 부지런하기가 싫습니다 .

지금은 필요한 자본을 위해 무척이나 열심히 일하고 공부하지만,

평생 이렇게 살긴 싫단 말이에요!

오늘 할 일: (사과잼
안들어서 이웃집 갖다주기)
같은 거였으면 좋겠네(요.

혹은 (다음 달에 출국하는
영수네 가족 여권사진 찍기)
라든지 .

잼 만드는 사진관 여는 것이
제 꿈입니다.

언젠가 사진관을 열게 된다면

생활비 다 나가고
잼 만들 과일 살 여유 있을
정도는 벌었음 좋겠네요.

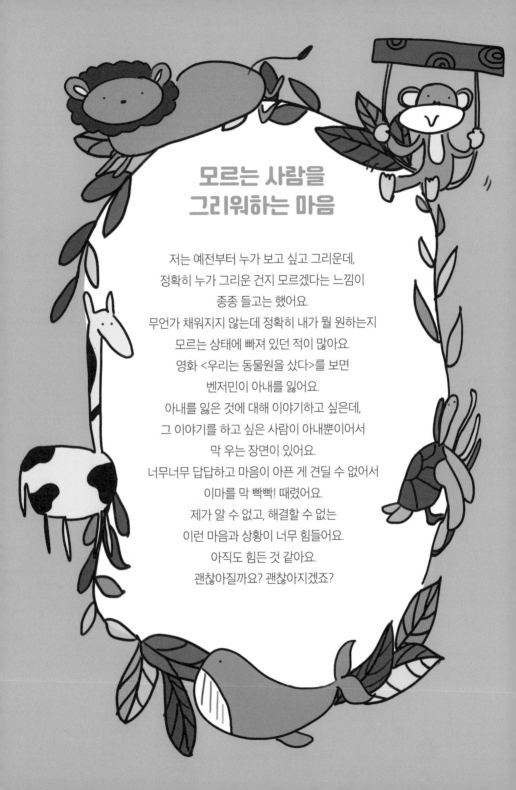

모르는 사람을
그리워하는 마음

저는 예전부터 누가 보고 싶고 그리운데,
정확히 누가 그리운 건지 모르겠다는 느낌이
종종 들고는 했어요.
무언가 채워지지 않는데 정확히 내가 뭘 원하는지
모르는 상태에 빠져 있던 적이 많아요.
영화 <우리는 동물원을 샀다>를 보면
벤저민이 아내를 잃어요.
아내를 잃은 것에 대해 이야기하고 싶은데,
그 이야기를 하고 싶은 사람이 아내뿐이어서
막 우는 장면이 있어요.
너무너무 답답하고 마음이 아픈 게 견딜 수 없어서
이마를 막 빡빡! 때렸어요.
제가 알 수 없고, 해결할 수 없는
이런 마음과 상황이 너무 힘들어요.
아직도 힘든 것 같아요.
괜찮아질까요? 괜찮아지겠죠?

나 지금 울 것 같으니까

 나도 이렇게까지 이상하고 싶지는 않았어

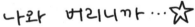

친구가 없어졌어

힘이없구나

나도 이렇게까지 이상하고 싶지는 않았어

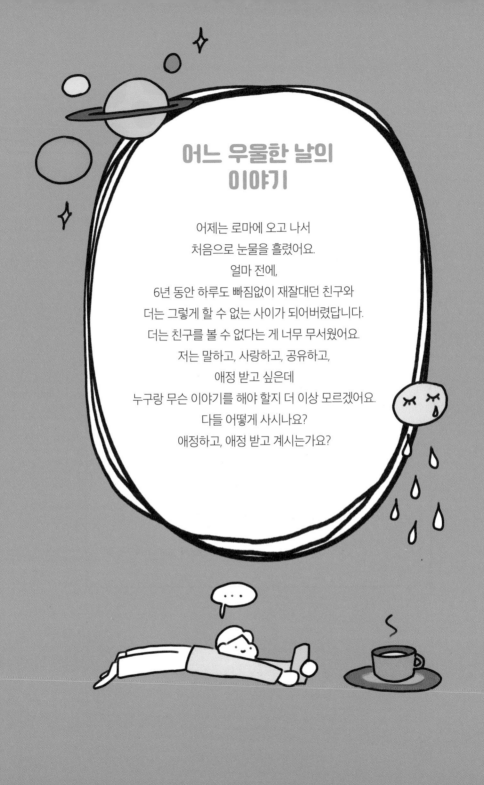

어느 우울한 날의
이야기

어제는 로마에 오고 나서
처음으로 눈물을 흘렸어요.
얼마 전에,
6년 동안 하루도 빠짐없이 재잘대던 친구와
더는 그렇게 할 수 없는 사이가 되어버렸답니다.
더는 친구를 볼 수 없다는 게 너무 무서웠어요.
저는 말하고, 사랑하고, 공유하고,
애정 받고 싶은데
누구랑 무슨 이야기를 해야 할지 더 이상 모르겠어요.
다들 어떻게 사시나요?
애정하고, 애정 받고 계시는가요?

이게 불행의 시작이었나…?

우리는 빨래 건조대를
같이 쓰는데

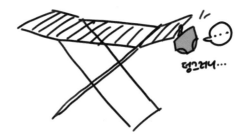

덩그러니…

며칠 동안 아무도 걷어가지
않는 팬쓰가 생겼음…

스텔라 언니
팬쓰 놓고
갔어ㅆㅆ!

엥?

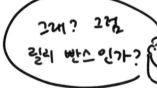

나도 이렇게까지 이상하고 싶지는 않았어

이 촉감…

핏 …

소재 …

모든 게 완벽해!

나한테
이렇게
완벽한
반쓰가
있었을
리가
없다!

 나도 이렇게까지 이상하고 싶지는 않았어

우리 집에 도둑이 들었다

평화로웠던 우리의 로마 하우스

그치만 행복도 잠시…
릴리 언니는 다른 지역의
학교를 다니게 되어 나갔고…

그리고 얼마 지나지 않아
스텔라 언니도 나가게 됐다.

그렇게 언니들이 이사 나가고
얼마 지나지 않아…

철컥

철컥

스 ─ 윽

어?

…?

왜 신발장이
엉망이지…?

엉망진창…!

나도 이렇게까지 이상하고 싶지는 않았어

오늘부터 아무도 돈 쓰지 마!

친구가 날 살렸다

항상 경계하고

나 자신을 의심하고

험악한 표정으로
걸어다니고

그랬음에도 ···

지하철에서
소매치기를 당했다.

처음 지갑이
없어진 걸
알아차렸을
때는 ...

— 했지만 ...

정정 공허한
슬픔만 밀려오기
시작했다.

지갑에 있던 돈이랑
집에 있던 현금까지 해서
100만 원 넘게 없어졌는데,

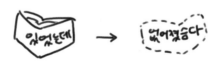

없어진 돈보다도,
난 여기서 보호 받지
못한다는 것을
깨달았다.

18살 때 독일에
유학 나온 친구를
붙잡고 막 울었다.

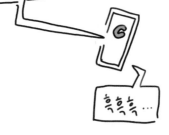

그렇게
여칠을
울었다.

현금도, 돈 빌릴 친구도 없는데
학교는 가야 해서 무임승차를 하고

지하철에서 친구가 보낸 편지를 읽었다.

나랑 같은 시간대에
살기를 18살 때부터
기다렸다고.

날 위해 울어주고
기도해주고 사랑을 주겠다고.

초콜릿라 직접 만든
새해 달력까지 들어 있었다.

나는 전철에서
엉엉 울고

이 날을
마지막으로
울지 않았다.

살려줄게

도와줄게

사랑해

친구의 사랑이
날 살렸다.

그래서 저도 친구처럼 사랑을
나눠드리고 싶어요
모두 사랑 가득한 하루 보내시고

너무 죽어라 열심히 하지 말고
살아라 열심히만 하세요 -♡

도둑질이
끝나고 난 후

도둑이 들었을 때
정말 이보다 나빠질 순 없다고 생각했는데,
지갑마저 도둑맞고 나니
하늘이 정말 나한테 무슨 경고를 하나, 싶었어요.
세상에 나쁜 사람이 얼마나 많은데
왜 나한테 이러나.
내가 나쁜 짓 한 거라고는 얼마 전에 딱 한 번!
음식물 쓰레기를 일반 쓰레기에 넣어 버린 것뿐인데…
이게 그렇게 벌 받을 일인지
아주 조금 많이 억울했어요.
왜 꼭 힘들어 죽겠을 때,
두 배로 더 힘든 일이 일어날까요?

다섯 명의 천사

갑자기‥‥‥
숨도 안 쉬어지는 것 같고‥‥‥

지금 당장
안 앉으면
안 될 것 같아‥‥‥

지하철 문이
열립니다

내려야 해 !!

혐오 연대기

난 어릴 때 '철학 학원'에 다녔는데,
어린이 논술을 배우는 곳이었다.

내가 속해 있던 반은
'바다보다 깊은 생각,
우주보다 넓은 생각'
이라는 반이었고,

그때 반 선생님을 진짜
좋아했어서 선생님의 샴푸냄새도
아직 기억한다.

지금 생각해보면, 선생님이 그때 아이들에게 교육을 톡톡히 해주신 것 같다.

세상을 둘로 나누면 어떻게 나눌 수 있을까?

여자랑 남자요!

오H?

바지 입으면 남자이고 치마 입으면 여자니까요

미국에서 보낸 초등학교 시절에는
이런 교육을 행사처럼 배울 수 있었다.

흑인 역사 배우던 때에는
하루 동안 학교 화장실을 …

한 번도 신경 써보지 못한
친구 눈동자 색을 확인하고

서로 손을 놓고 따로 화장실에
들어가야 했던 경험

여성 참정권 운동에 대해 배울 때
안경 쓴 학생들에겐
발표권을 주지 않았던 수업

이후 한국 중학교에서
한 학기 내내 들었던 교외 강의까지…

하지만 순수했던 나에게
혐오을 알려주게 되는 날이 오는데…

간혹 체육복
입으면 남자로
오해 받기도
했음

짧은 머리로 다니던
중학교 시절이다.

어느 날 선생님이 —

너는 머리 이제
안 기르니?

아뇨, 이제
다시 기를
거예요

별 생각 없이
잘랐기 때문에

하지만 이건 시작이었을 뿐,
혐오는 온 사방에 깔려 있었다.

공기처럼 맑아서 안 보였을 뿐이다.

그렇게 시간이 지나 많은 고민과 함께
고등학생이 된 김쏭팡

좋아하는
드라마:
글리

좋아하는 소설:
게미여인의
키스

좋아하는
영화:
킬 유어 달링

좋아하는 뮤지컬:
렌트

끝없는 고민 속에서도 나름 많은 게
확실해지고 불꽃 같은 시기를
보내게 되는데 …

머릿속에 훤하게 그려지는
두 남자의 모습

아마도 선생님이 원하는 대로
입고 있지는 않았겠지.

그치만 그렇다고 지구 반대편에
있는 40 명의 학생들에게
웃음 거리가 되는 게 맞는 것일까?

이 날 난 너무 화가 나서
선생님께 익명의 편지를 썼다.

감사하게도 선생님은 바로
다음 수업 시간에 사과를 하셨고

지난 번에 했던 발언에
사과하며…

나는 내가
세상을 바꾸고
있다는 착각에
빠지게 되었다.

하지만 2015년 6월…

그거 들었어?
미국은 이제
동성결혼이
합법이래

나도 이렇게까지 이상하고 싶지는 않았어

나는 속상함에 하교하는 길
내내 울었다.

나도 이렇게까지 이상하고 싶지는 않았어

나의 허무함을 얘기해도
알아주는 사람이 없었다.

그런데 너가 동성애자인
것도 아닌데 왜 슬퍼?

...

너무 나서서
너 자신을 괴롭히지 마

나는 그렇게 세상에 큰 기대를
하지 않는 법을 배웠다.

시간이 흘러 대학생이 되었을 때
나는 축상한 상황을 직면하는
나만의 방식을 터득했다.

그건 바로 —

그럴 수 있지

하고

넘어가기 ~~

방법은 간단하다.
무슨 얘기를 듣든, 무슨 일이
일어나든, 두 번 생각하지 않기.

음식에서
머리카락이
...?

ㅎ~

그럴 수 있지ㅎ
아마 내 거일걸?

평화나라 사기?
그럴 수 있지~

외계인 납치?
뭐 그럴 수도
있지 ~~

스트레스 안 받고 살기엔
최고이다.

그렇게 '그럴 수 있지'를 되뇌이며
유령으로 배낭여행을 갔다.

한국 민박집에 묵어 다른
사람들과 밥을 먹고 있었는데

음… 아…?

음……

그럴 수 있지…

그럴 수…

나도 이렇게까지 이상하고 싶지는 않았어

어둠이 없어서 그렇다

환란의 세대
이랑

QR 코드를 스캔하여
김쏭팡의 플레이리스트를
감상하세요.

PART
2

그렇지만
이상한 게
인생이라지

예술가이신가요?

그렇지만 이상한 게 인생이라지

이후에 늘보와 함께
빈티지 매장에 갔어요.

지금까지 나는 '그림 그린다'라고만 말했었는데...

후회

힝

그림 그리는 중

갑자기 '작업' 이라고
하니까 ... !!

다르게 들려 ... !!

근데 뭔가 이날

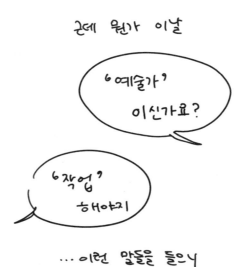

'예술가'
이신가요?

'작업'
해야지

...이런 말들을 들으니

나는 이미
아티스트였나 봐...☆

찌~잉

—라는 마음이 들더라구요.

아마도 누가 날 예술가로
처음 인정해준 날인 것 같아요.

나를 처음으로 예술가로 만들어준
늘보 와 베를린에게 감사한 하루입니다.

여러분도

예술가이신가요?

좋아서 시작했는데, 하기 싫어졌어

고등학교, 대학교 때
가능성에 대한 평가를
많이 받아 와서

그렇지만 이상한 게 인생이라지

열심히 하면 언젠가
나도 내 소리를 사랑하고

남들도 내 음악을 찾아주는
멋진 예술인이 될 거라고 믿었다.

근데 이젠 더 이상
가능성이 아니라
진짜 실력으로
평가 받아야 할 때임을 알아버렸다.

이제까지 가망이
없는 나에게

조금만 더 하면
높은 '미'도 낼 수 있어!

정말요?!

↑
'미'

이런 헛된 희망을 준
모든 사람들이 미워졌다.

막상 마주치니 슬프지도 않고,

그냥
내 한계점을
알아버린 것이
아쉬웠다.

꿈을 크게 가지라는 것보다

넘을 수 없는
음악 천재의
벽

꿈이 클수록 실망감도 크다는 걸
알려줬으면 좋았을 텐데…

그러니 이제는 '노래 못하는 나'를
받아들여야 할 때.

비록 노래를 잘 못하는
가수가 되어버렸지만…
지금까지의 여정이 헛되진
않았을 거야.

잘하고 싶지만
잘 못하는 오늘을 응원해.

잘 못하는 대로, 창피해도
뻔뻔하게 사랑하는 일을
계속 하면 돼~!

그렇지만 이상한 게 인생이라지

그저 하고 싶다는
Wedance

처음 꿈꾸던 날

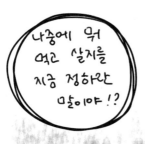

그래서 별 기대 없이
보러 갔는데,

(시큰둥)

그래서 속전속결로
예고에 가고

↖ 대학교는 너무
좋은 기억이 많아서
졸업할 때 울었음.

유학도 갔답니다.

주변 사람들의 사랑으로
좋아하는 일을 찾고
계속 열심히 하고 있지만

좋아하는 거랑
잘하는 거는
참 다른 거더라구요.

그렇지만 이상한 게 인생이라지

— 싶다가도...

— 이러기를 무한 반복...

그래도 어떻게든 오늘도
피아노 앞에 앉아 보고

노래 고민을 이어 나가요.

처음 시작할 때 느꼈던
그 설렘으로
계속해서 꿈을 꾸고

나아가고 있어요.

처음부터 이랬으면 좋았을 텐데

첫 레슨 가는 날!

뭐 입지

뭐 입지

단정하게?

깔끔하게?

너무 떨려 …

그렇지만 이상한 게 인생이라지

철 통 보 안 ..!!

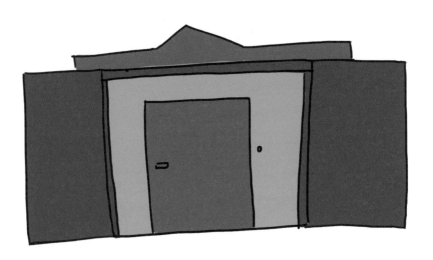

선생님 댁 대문은 이런 느낌

아…
노래 못해서
제자로
안 받아
주시려나 봐…

한 마디만 듣고
끝나다니…

한국 가야 되나…

그렇지만 이상한 게 인생이라지

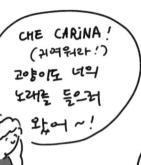

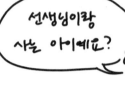

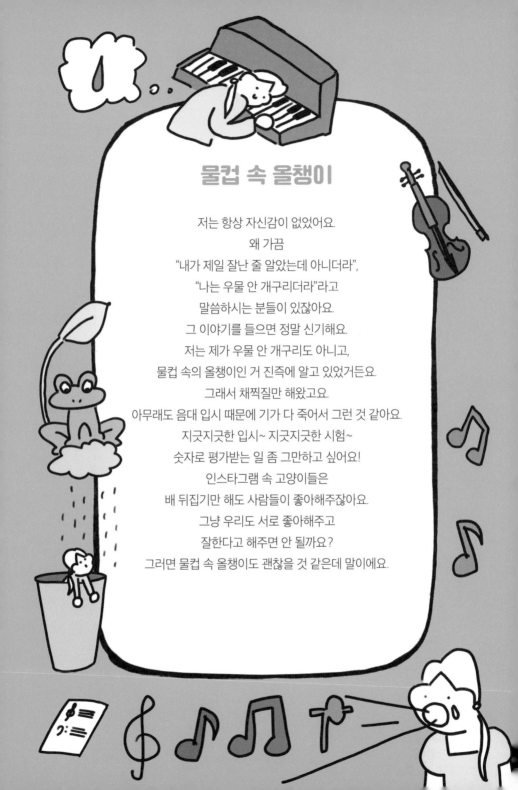

물컵 속 올챙이

저는 항상 자신감이 없었어요.
왜 가끔
"내가 제일 잘난 줄 알았는데 아니더라",
"나는 우물 안 개구리더라"라고
말씀하시는 분들이 있잖아요.
그 이야기를 들으면 정말 신기해요.
저는 제가 우물 안 개구리도 아니고,
물컵 속의 올챙이인 거 진즉에 알고 있었거든요.
그래서 채찍질만 해왔고요.
아무래도 음대 입시 때문에 기가 다 죽어서 그런 것 같아요.
지긋지긋한 입시~ 지긋지긋한 시험~
숫자로 평가받는 일 좀 그만하고 싶어요!
인스타그램 속 고양이들은
배 뒤집기만 해도 사람들이 좋아해주잖아요.
그냥 우리도 서로 좋아해주고
잘한다고 해주면 안 될까요?
그러면 물컵 속 올챙이도 괜찮을 것 같은데 말이에요.

친해지길 바라

중학교 때 친한 친구 무리가 있었다.

그 안에서 모두가
친한 건 아니고 유독
안 친한 사람들이 있기 마련...

그래서

다른 친구들이 준비한...

너희 둘,
< 빨리 친해지길 바라 ! >

미션은 …

승 악히는 쩍악 …

그렇지만 이상한 게 인생이라지

그렇지만 이상한 게 인생이라지

그렇게
이 둘은 친해지지
못했다고 합니다 ... ^^

너의 집 앞, 피아노

그렇지만 이상한 게 인생이라지

그렇지만 이상한 게 인생이라지

친구가 애를 낳았다

놀랍게도 친구 민선이가
얼마 전에 출산을 했다.

어떻게 애기가

애기를 낳았지!!?

그래서 애기들 뿐인 우리 그룹에
이렇게 엄마가 포함되니
단톡방 분위기가 달라졌는데

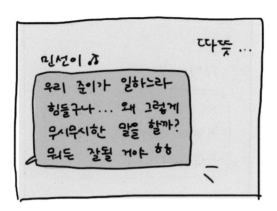

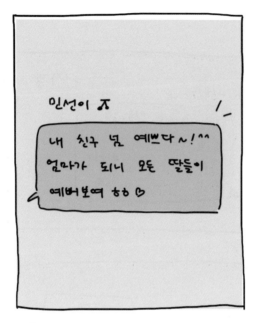

비상이다...☆

우정이 혁명이 될 때

현지는 동기가 감기에 걸리면
그다음 날 호박죽을 싸 왔고,

학교 수업이 끝나고 집가는 길
심심할까봐 한 시간 넘게
전철을 같이 타줬다.

현지는 싫은 소리를
하지 못하는 성격이였다.

방 좋다~

...!

아...

?
왜?

침대에 겉옷을 입고
걸터 앉아도
싫은 내색하지 못했고

싸운 뒤에 사과도
항상 현지가 먼저
하는 편이었다.

어느 해 내 생일엔
내가 보고 싶어 하던 영화를
예매해줘서 보러 가니까
현지가 옆자리에 앉아 있었다.

그렇지만 이상한 게 인생이라지

현지를 처음 봤을 때
현지는 모자를 푹 눌러쓰고 있었는데,

지금 와서 생각해보니
현지가 그때
모자에 감췄던 건
따뜻함이
아니었을까?

그런데 가끔 사람들은 이런
현지를 따뜻하게
받아들이지 않고 답답하게
생각하는 경우도 있었다.

어느 날은 교수님께서
현지에게 …

생각 좀
하고 살아!

—라고 호을
내셨다.

교수님은 홧결 뱉은
말이었지만,

그날, 나는 현지에게 -

-라고 말했다.

현지는 나에게 다정함의
혁명이었고, 나 역시 현지에게
다정함의 혁명이었다.

우리는 서로의 혁명이었다.

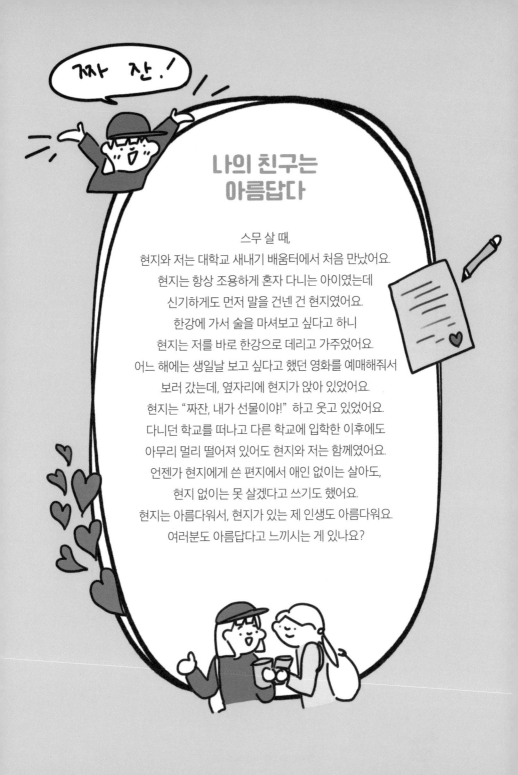

나의 친구는
아름답다

스무 살 때,
현지와 저는 대학교 새내기 배움터에서 처음 만났어요.
현지는 항상 조용하게 혼자 다니는 아이였는데
신기하게도 먼저 말을 건넨 건 현지였어요.
한강에 가서 술을 마셔보고 싶다고 하니
현지는 저를 바로 한강으로 데리고 가주었어요.
어느 해에는 생일날 보고 싶다고 했던 영화를 예매해줘서
보러 갔는데, 옆자리에 현지가 앉아 있었어요.
현지는 "짜잔, 내가 선물이야!" 하고 웃고 있었어요.
다니던 학교를 떠나고 다른 학교에 입학한 이후에도
아무리 멀리 떨어져 있어도 현지와 저는 함께였어요.
언젠가 현지에게 쓴 편지에서 애인 없이는 살아도,
현지 없이는 못 살겠다고 쓰기도 했어요.
현지는 아름다워서, 현지가 있는 제 인생도 아름다워요.
여러분도 아름답다고 느끼시는 게 있나요?

하나뿐인 비장의 카드

정녕 여기에 애인이나
가족이 없는 사람은
나뿐이란 말인가 …!

그렇게 엄마라 함께하는 여행이
시작되었다.

우리 잘못이 아니야

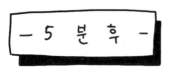

관광객
들이란...

그렇지만 이상한 게 인생이라지

안 싸우고 여행하는 법

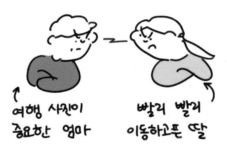

엄마랑 함께하는
여행이 주는 것

엄마랑 이탈리아 여행을 하고,
근처 이웃 나라에도 갔는데 정말 재밌었어요.
아주 많은 이야기를 나눴어요.
어쩌면 함께 산 이십여 년의 시간보다
함께 여행 다녔던 한 달이 더 깊이 있었던 것 같아요.
엄마는 많은 걸 알려주고 가셨어요.
카레 맛있게 하는 법이나
냉장고를 오래 사용하는 법 같은걸요.
도둑이 들었던 집에서 짐 정리하는 것도 도와주셨어요.
어른 말을 들으면 자다가도 떡이 나온다는데,
엄마들은 자식이 자고 있으면
부채질로 살살 깨워 떡을 입에 쏘옥,
넣어주는 사람들 같아요.
참, 여러분 오늘 엄마에게 전화하셨나요?
지금 당장 하세욧!
만일, 가까운 곳에 있다면
한번 꼭 안아드리세욧!

위이잉

일부러 그런 건 아니었는데

눈물이 날 땐 춤을 춰

그렇지만 이상한 게 인생이라지

장난해? 너 완전 귀여워

로아 하우스 언니들이 이사 나가고 나서
떼우기식 밥만 먹게 됐다.

이날부터 <아따맘마>는
밥 먹을 때마다
친구가 되어주었다.

끼리릭 ♪

엄마, 아빠,
아니, 둥둥!

♪

물론 난 혼자 밥 먹는 게 심심해서
봤지만, 아따맘마는
꽤나 많은 걸 알려줬다.

예를 들어 「할 일이 있으면
잊지 않도록 귀를 잡고 있어라」
라든가,

"속옷을 안 하고
학교에
왔다면
반창고를
붙여라"
라든지...

「쿠킹 스튜디오」
코너에서
알려주는 각종
간단 요리법
이라든지...

그리고 어느 에피소드에서는,

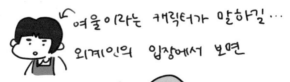

여울이라는 캐릭터가 말하길...

외계인의 입장에서 보면

우리는 모두 하나의
개미와 다를 것 없는
존재라고 한다.

그렇지만 이상한 게 인생이라지

그러니까 쓸데 없는 걸로
슬퍼하지 말기 !

Se telefonando
Mina

PART
3

그래서
더 이상하게
살기로 했다

혼자가 된 이야기

그래서 더 이상하게 살기로 했다

계약 기간이 남았던 나는 혼자
그 큰 집에서 두 달을 살아야 했다.

그래서 학교 수업도 혼자 듣고

밥도 혼자 먹고

집에 와서 혼자 그림 그리다가
잠드는 삶이 일상이 됐다.

노래를 하지 않은 날엔 심지어...

내 목소리를 나한테 확인시켜야 하는 날도 있었다.

그래서 더 이상하게 살기로 했다

그리고 혼자 살아본 적이 없어서,,,,,
(도둑 든 집은 더더욱...)

야 나와라...!
경찰 불렀다...!

쭐...

집에 들어갈 때마다...

씻을 때마다...

부름

거... 거기
있는 거
다 안다...!

ㄴ... 나...
나오라고...!!

그래서 더 이상하게 살기로 했다

그러다 보니 저녁이나 밤마다
혼자 있는 게 싫어서 친하지 않은
사람들에게까지 자주 연락했다.

알레~~
커피 마실래?

언니 뭐 해~?

엘리사베따
저녁 먹었어~?

토독

토독

그래도 귀찮아하지
않을 정도로만 치대야지...

어느 날은 로마에서 제일 친한 줄리오랑
밥을 먹다가 신세 한탄을 했는데...

그냥 난 로마에
친구도 없고...

노래도 계속
못하고...
언어도 그대로...

에구... ㄷ-

자세히 보니
줄리아는 울고 있었다.

그래서 더 이상하게 살기로 했다

처음 받아 본
종류의 위로였다.

공감을 받는 건
큰 위로구나···

날 위해 울어줄 사람이 있는 건
정말 큰 위로가 되는구나···

그치만 도움이 있다고
집 찾는 게 쉬워지는 건
아니었다.

(약속하고 집까지 갔는데 문 안 열어줌···)

그래서 더 이상하게 살기로 했다

결국엔 아무래도 마음 급하게
집을 찾으면 후회하게 될 것 같아
플랫메이트를 구하고 천천히
집을 알아보기로 했다.

그래서 더 이상하게 살기로 했다

 그래서 더 이상하게 살기로 했다

1층에 경비견도 있구...

?? 경비견이라니?

음? 올 때 보니
경비원이랑
경비실에 있던데

아! 경비실 강아지라면
혹시...

경비원 반려견

뀨?

엉저 온통 안한
뒷모습

이 꼬랭이떡 보고
경비견이라고
한 건가…!!

5평 정도 되는 방이 궁전 같고
알티즈 보고 경비견이라는
귀여운 친구들이

당장
우리가
계약할게!

새롭게 내 인생에 들어왔다.

그래서 더 이상하게 살기로 했다

또 다른 귀여운 친구 줄리오는
집들이 선물을 사 들고 왔다.

원래는 꽃을
사와야 하지만
꽃다발은
죽으니까…

새로 이사 오는 친구들과
이 식물처럼 파릇파릇하게 잘 지내!

신기하게 새 친구들이
이사 오는 날짜에 맞춰
날도 따뜻해져서

나는 초록 친구들을 방에
더 들였다.

겨울동안 내가 가진
많은 걸 잃어버리고

날 영영 떠나버린
소중한 사람들도 있지만

돈이 없어지면
새로운 일자리가
생기고

혼자가 되면
새로운 친구들이
생긴다.

그러니 힘들면
꼭 징징거리며
살아가기

사랑해

혼자가
아니야

봄은 꼭 오니
겨울만 잘 버티기

그래서 더 이상하게 살기로 했다

우리 예전처럼

그래서 더 이상하게 살기로 했다

기차역

언니랑 전화하자마자 바로 기차 타고
← 언니 동네로 감.

 그래서 더 이상하게 살기로 했다

무서울 때 듣는 노래
과나

첫사랑, 하남이

그래서 더 이상하게 살기로 했다

그래서 더 이상하게 살기로 했다

그래서 더 이상하게 살기로 했다

수상한 이비인후과

그래서 더 이상하게 살기로 했다

그래서 더 이상하게 살기로 했다

이별 하나 실연 둘

그래서 더 이상하게 살기로 했다

고마움을 표현하는 법

ㅈ...
진짜?

당황...

그렇게 25년 안에 처음으로
노트북이 생겨버리는데...!

만져작
만져작

오호...
꼬옥

기쁨도 잠시 곧바로 깊은 고민에 빠져버린 나...

그동안 했던 감사 표현들

여기 떡볶이 5인분 주시오

야 넘 많아...

닥쳐

(1) 5배로 갚아 버리기

고마워 ...

아... 아냐...

(2) 냅다 울어버리기

그래서 더 이상하게 살기로 했다

사 주는
입장이면
나한테 말
예쁘게 하는 게
예의야

(3) 협박하기

일평생을 장난으로 살아와서
정작 진심을 못 전하겠어⋯!

...그래

결국 긴 고민 끝에
내 방식대로 회선을
다해보기로 결정한다...

선생님
앉으시지요

떡~

맥북사용
소감

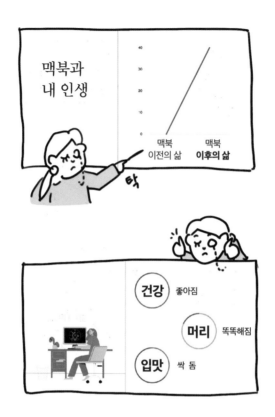

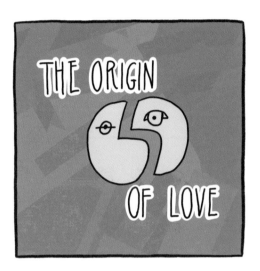

THE ORIGIN OF LOVE
Stephen Trask

이건 진짜 오렌지 방구

술게임 중에
「오렌지 방구 누가 뀌었나」라는
게임이 있는데,

개인적으로 내 최애 술게임...

오렌지 방구 누가 뀌었나...
니가 뀌었지... 하고
누군가를 지목하면
그 사람이 방구 소리를 내야 한다.

그리고 지목된 사람 양 옆 사람들은
아이 냄새... 라고 하는 게 룰.

근데 이 게임이 어려운 이유는...

이걸 다 웃지 않고
해내야 하기 때문!

이런 게임에서 또 이기겠다고
사람들 별의 별
이상한 방구 소리 다 내고…

그 현타와 어이없음의 조화가
너무 웃김 진짜.

어떤 알수 없는 오빠가
지목 당했고

다들 재미없게 방구 소리 내면
술 마시게 하려고 준비하던 찰나…

진짜 방구를 뀌어버린 것…!!

이깟 게임 뭐라고
이길라고 게임 내내 방구 참고
정색하고 방구 뀔 생각을 했는지
ㅋㅋㅋㅋ ㅋㅋㅋㅋ ㅋㅋㅋ

지금 생각해도 어이없구…

느슨해졌던 술게임에
긴장감을 심어준 그의 찐방구…

그의 방구야말로

진정한 오렌지 방구였습니다…

그래서 더 이상하게 살기로 했다

콧구멍이 벌렁벌렁

그래서 더 이상하게 살기로 했다

방구 소리, 코 푸는 소리가
세상에서 제일 웃긴 사람

같이 레슨 받는
릴리 언니

그래서 더 이상하게 살기로 했다

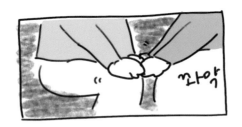

그래서 더 이상하게 살기로 했다

재채기보다
웃긴 건
없어...

너 이러려고 배드민턴 하니?

그래서 더 이상하게 살기로 했다

그래서 더 이상하게 살기로 했다

그냥 집에
가장 ~~

구렁 ~

포기 ~
ㅋ

하라는 공부는 안 하지 뭐

공부할 때 듣는 음악

일단 이런 음악을 틀고...

불을 다 끄고 스탠드만 켜

자 그럼 이제 어떤 마음가짐이 들지??

오 이건...!!

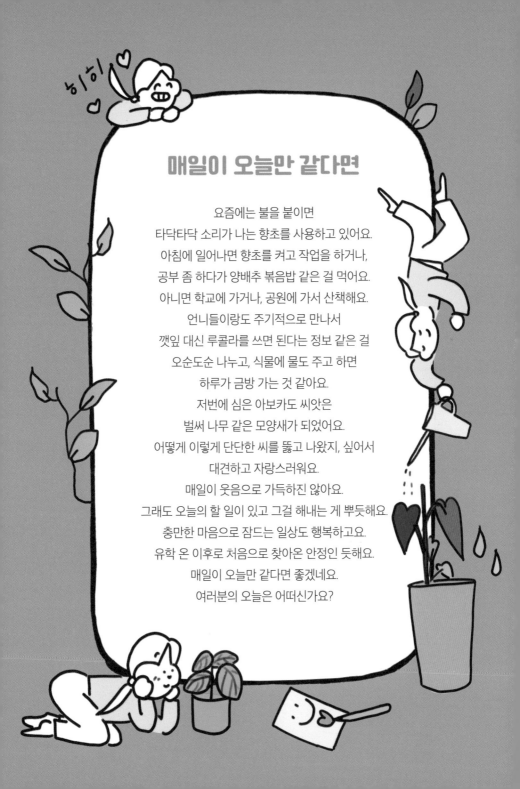

매일이 오늘만 같다면

요즘에는 불을 붙이면
타닥타닥 소리가 나는 향초를 사용하고 있어요.
아침에 일어나면 향초를 켜고 작업을 하거나,
공부 좀 하다가 양배추 볶음밥 같은 걸 먹어요.
아니면 학교에 가거나, 공원에 가서 산책해요.
언니들이랑도 주기적으로 만나서
깻잎 대신 루콜라를 쓰면 된다는 정보 같은 걸
오순도순 나누고, 식물에 물도 주고 하면
하루가 금방 가는 것 같아요.
저번에 심은 아보카도 씨앗은
벌써 나무 같은 모양새가 되었어요.
어떻게 이렇게 단단한 씨를 뚫고 나왔지, 싶어서
대견하고 자랑스러워요.
매일이 웃음으로 가득하진 않아요.
그래도 오늘의 할 일이 있고 그걸 해내는 게 뿌듯해요.
충만한 마음으로 잠드는 일상도 행복하고요.
유학 온 이후로 처음으로 찾아온 안정인 듯해요.
매일이 오늘만 같다면 좋겠네요.
여러분의 오늘은 어떠신가요?

엄마의 편지

엄마의 이쁜 딸 쏭팡에게 -
멀리 이태리까지 유학 와서 지내는 동안
기특하고 대견하면서도 걱정되었던 엄마
마음.. 막상와서 보니 넘넘 잘 생활하고
있고 혼자서 척척 잘 해내는 걸 보니 뿌듯
하고 고마웠어.*엄마가 도와줄거 있음 언제든 말해*

한달넘게 있는동안 엄마 좋아하는 미술관
실컷 보게 해주고 뭐더 하고싶은건 없는지
먹고 싶은 건 없는지 계속물어봐주고 신경
써주어서 미안하고 고마웠단다. *사랑해*

로마있는 동안의 시간이 꿈처럼 행복하고 이젠 이곳이 집처럼 편안하고 익숙해 졌단다. 우엔다 네가 어떤 곳에서 살고 어떤걸 먹고 어떤 사람을 만나며 지내는지 걱정이었는데 다 좋은것 같아 안심이야.

이것저것 엄마 돌봐주느라 고생많았어. 혼자서 낯선 곳에서 외국인으론 사느라 두렵고 힘들텐데 내색않고 잘 지내는게 엄만 늘 걱정이고 마음 아팠는데 직접 보니 안심되고 좋구나. 무언필요하면 언제든 말해!*

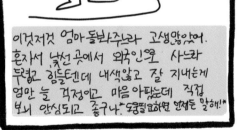

엄마보다 더 어른스럽게. 너의 미래를 꿈꾸며
만들어가는 씽씽이를 항상 응원하고
지지해. 어떤 결과가 오든 네가 행복
한 삶이길 바래. 노래부르고 그림그리고
맛있는 것 먹고 좋은 것보고 좋은 사람들과
멋진 시간을 보내며 너의 시간들이
아름답게 채워지길 바란다.

넘 아끼지말고 맛있는 것, 건강한것먹고
아프지 말고! 힝들면 말하고! 그만하고
싶으면 다 그만두고 집에 와도 돼!
뭐든 좋을때까지만 해! 넘 애쓰지말고
행복한 날만 가득가득 채워야해. 사랑해♡

사랑으로 빚어진 사람

그래서 더 이상하게 살기로 했다

두적
두적

세상에 공짜 없듯이
의미없는 허고생도 없단다

너가 쏟은 진심은 꼭 너의
음악 속에서 빛을 발할 거야

유학 생활 힘들겠지만
그 동안 노래가 더 좋아지길!

- 성악문헌 교수님이 -

찌~잉

그래서 더 이상하게 살기로 했다

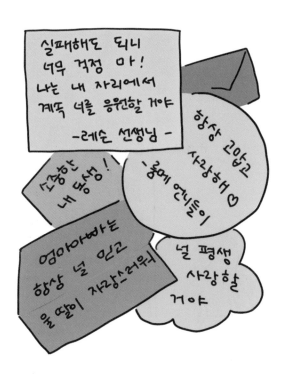

그래서 더 이상하게 살기로 했다

오늘도 살아남은 우리를 사랑해주자

"지금의 내가 부족하다는 생각을 하지 마세요."
어느 수업에서 들었던 말이에요.
전 세계적으로 인정받는 책을 쓴 작가도 당시에는 나이가 어렸고,
그때의 내가 부족하다고 생각했대요. 사실은 그게 아니었는데 말이에요.
가장 부족하다고 생각했을 때 쓴 작품이 가장 최고가 되었으니까요.
그러니, 지금 하고 싶은 게 있고, 만들고 싶은 게 있고,
되고 싶은 게 있다면 바로 해보는 게 어떨까요?
결과가 어떻든 그건 분명히
우리 삶에서 의미 있는 경험으로 남을 거예요.
저도 그렇게 하려고 해요. 성악가로서 노래하고, 그림도 그리면서요.
이제는 잘하지 못해도 괜찮을 것 같아요.
열심히 하다 보면 결국 뿌듯함이 남고, 즐거움이 남으니까요.
어쩌면, 살아남은 것 자체가 대단한 것 같기도 해요.
오늘 하루도 잘 살아남은 나에게 칭찬 한번 해주자구요.
울지 말고, 자책하지 말고요.
세상 모든 울보들이, 찌끄레기들이 하고 싶은 걸 다 하고 살았으면 좋겠어요.
사랑하고, 사랑받으면서요.
때로는 이 지긋지긋한 세상이 나에게만 왜 이리 모질게 대하나,
너무 이상하다, 너무 수상스럽다, 싶지만
그래도 다들 그렇게, 이상하게 사는 게 인생 아니겠어요?
에잇! 그냥 한번 살아보자구요. 이상한 일이 들이닥치면,
더 이상하게 살아보자는 이상한 마음으로요. 그렇게 살아남자구요, 우리.

I LIVED
OneRepublic

우리는 모두 어딘가 조금씩 이상하잖아요

2023년 8월 16일 초판 1쇄 발행

지은이 썩어라 수시생
펴낸이 박시형, 최세현

책임편집 이채은   **디자인** 채미
마케팅 권금숙, 양봉호, 양근모, 이주형   **온라인홍보팀** 최혜빈, 신하은, 현나래
디지털콘텐츠 김명래, 최은정, 김혜정   **해외기획** 우정민, 배혜림
경영지원 홍성택, 김현우, 강신우   **제작** 이진영
펴낸곳 팩토리나인   **출판신고** 2006년 9월 25일 제406-2006-000210호
주소 서울시 마포구 월드컵북로 396 누리꿈스퀘어 비즈니스타워 18층
전화 02-6712-9800   **팩스** 02-6712-9810   **이메일** info@smpk.kr

쌤앤파커스(Sam&Parkers)는 독자 여러분의 책에 관한 아이디어와 원고 투고를 설레는 마음으로 기
다리고 있습니다. 책으로 엮기를 원하는 아이디어가 있으신 분은 이메일 book@smpk.kr로 간단한
개요와 취지, 연락처 등을 보내주세요. 머뭇거리지 말고 문을 두드리세요. 길이 열립니다.

이상하게 큐트한 스티커

우리는 모두 어딘가 조금씩 이상하잖아요